LE SAGE.

ODE.

Par Monsieur CHAUVET.

A AMSTERDAM,

Et se trouve A PARIS,

Chez la Veuve VALLEYRE, Libraire, Quai de Gêvres,
à l'entrée par le Pont au-Change, à la Nouveauté.

M. DCC. LXV.

A MONSIEUR

L'ABBÉ DE V***.

L'UN DES QUARANTE

DE L'ACADÉMIE FRANÇOISE.

SUR le triste déclin de l'âge,
J'ose tenter encore un vol audacieux :
D'un déluge d'erreurs dissipant le nuage,
Ma Muse en son essor s'élève jusqu'aux Cieux ;
Et de la vérité découvrant la lumière,
  Je m'avance dans sa carrière,
Comme une Aigle s'élance en son cours glorieux.
  Par un appareil magnifique,
L'appas de la Vertu ranimant mes esprits,
J'embouche avec ardeur la trompette lyrique,
  Pour faire son panégyrique
  Dans une suite de récits,
Où son brillant éclate, où sa force énergique
  En fait le mérite & le prix.
Aux pervers amateurs du mensonge & du vice
Montrant de leurs excès le monstrueux tableau,
J'entreprens d'arracher le funeste bandeau
Qui leur couvre les yeux ; tandis qu'au précipice,
Leur active fureur, brûlant d'un feu nouveau,
Les conduit, en traînant après eux leur suplice.
Tel est des passions le pouvoir absolu,
Et le fatal destin de l'homme dissolu :

Malgré mille remords qui déchirent son ame ;
Il se livre au torrent qui submerge les mœurs ;
Et cédant la victoire au crime qui l'enflamme ,
D'une main assurée encense ses horreurs.

    Que ne puis-je accorder mes accens à ta lire ,
Et par ton éloquence (aidé de la terreur)
      Graver dans le fond de son cœur ,
Les grandes vérités que ma Muse m'inspire !
Je me sens pénétrer de leur vive chaleur :
      Un feu céleste allume mon génie !
      Dès long-tems je les étudie ;
      Elles seules forment mes sons :
      C'est à toi que je les dédie.
Pendant que je parcours les états de la vie ,
      Et qu'elles lancent leurs rayons ,
Tes Vertus aux mortels tiennent lieu de leçons.
Disciple de Minerve , enfant de l'harmonie ,
Nourrisson des neuf Sœurs , favori d'Apollon ,
      Célébre Auteur , je te dois cet hommage.
Toi , qui de l'Hipocréne & du sacré Valon ,
      Par un facile & long usage ,
Connois tous les détours , & joins à la raison
Les sons mélodieux de leur divin langage ,
Permets donc que je t'offre , illustre V * * * ,
      L'ébauche du portrait du Sage ,
      Et que je l'orne de ton nom ;
Puisque c'est sur tes traits & sur ta propre image ,
    Que je vais peindre un Socrate , un Platon.

Par son très obéissant serviteur ,
CHAUVET.

LE SAGE.

ODE.

VÉRITÉ, dont la vive flamme
Anime l'homme vertueux ,
Répans tes rayons dans mon ame,
Viens , embrâfe-la de tes feux :
Mes chants vont célébrer le Sage ;
A fes traits j'unis ton image ,
Je trace & j'étens leurs rapports ;
Sois mon guide , mon Uranie ,
Soutiens l'effor de mon génie,
Forme & cadence mes accords.

QUEL EST donc ce Mortel si rare,
Dont le juste discernement,
Loin de s'égarer comme Icare,
Perce l'abîme du néant ;
Et soudain déployant ses aîles
Jusqu'aux demeures éternelles,
Jusqu'au trône du Créateur,
Porte son vol, voit sa lumiére,
Et retourne dans sa carriére
Saisi d'une sainte terreur ?

CE grand Homme, dès sa jeunesse,
Éclairé d'un divin flambeau,
Prévoit la rapide vitesse
Du Tems qui nous mene au tombeau :
Quand la décrépitude arrive,
Et qu'il faut sur la sombre rive
Tenter un passage éternel,
La Vertu ranimant son ame
L'affermit, lance un trait de flamme,
L'éleve au séjour immortel.

D'UN MONDE dont la douce amorce
Sous les fleurs cache des cercueils,
Il franchit de sa propre force
Le labyrinthe & les écueils.
Héros pieux & magnanime,
Il pourfuit le vice & le crime,
Terrasse ces monstres affreux,
Arrache & coupe leurs racines,
Évente leurs profondes mines
Et leurs mystères ténébreux.

LA RAISON, sa sûre compagne,
Tient les rênes de ses desirs.
Les agrémens de la campagne
Fixent son goût & ses plaisirs :
Là, nul fâcheux ne l'importune ;
Et loin de l'aveugle Fortune,
Il laisse à ses Adorateurs,
Parmi les complots & les haînes,
La honte de traîner ses chaînes
Et de se vendre à ses faveurs.

PENDANT qu'ils voguent sur son onde,
Que les craintes troublent leurs jours,
De sa tranquillité profonde,
Nul chagrin n'altère le cours.
Dans sa douce retraite, il pense
A la subite décadence
Des vaines grandeurs des humains :
Et loin de leur porter envie,
Il préfere une obscure vie
A la pompe des Souverains.

TEL un rocher inébranlable
Au choc d'impétueux torrens :
Telle son ame inaltérable
Résiste aux attaques des sens.
De ce Philosophe invincible,
La science est inacessible
Au préjugé qui nous séduit.
Dans un sentier droit & solide
Il marche, la Raison le guide,
La Vertu l'inspire & le suit.

Il contemple les deſtinées
Dans leurs enchaînemens divers ;
Inſtruit que le cours des années
N'eſt qu'un long tiſſu de revers ;
Il s'arme d'un noble courage.
Contre lui vainement l'orage
Souleve & fait mugir les flots :
Il les affronte ; & , comme Alcide ,
Aucun danger ne l'intimide ,
Et s'il périt , c'eſt en Héros.

*

Qu'un Bonze proſcrive ſon culte ;
Et le livre à ſes Sectateurs ;
Qu'on le cenſure , qu'on l'inſulte ;
Qu'un Dervis attaque ſes mœurs :
De leur colère fanatique ,
De leur doctrine chimérique ,
Il excuſe l'égarement ;
Il pardonne leur ignorance ,
Il les confond par ſon ſilence ,
Et plaint leur triſte aveuglement.

*

Qu'il perde fa famille entière,
Ses amis & fes défenfeurs ;
La Parque avide & meurtrière
Voit fa peine , jamais fes pleurs :
Son ame tendrement émue ,
Par une fageffe inconnue
Au refte des foibles humains ,
Cédant aux droits de la nature ,
Ne trouble point leur fépulture
Par des cris lugubres & vains.

Vit-il, par les coups de la foudre,
Des gouffres de feux entrouverts,
Et la nature fe diffoudre
Par la chûte de l'Univers ,
Dans un défaftre auffi terrible
Il ne fauroit être infenfible,
Mais il ne peut-être ébranlé.
Nul événement ne l'étonne ;
Il prévoit tout , & s'abandonne
A ce que les Dieux ont réglé.

EN digne Citoyen du monde,
Il met tout au même niveau.
Des tréfors dont la terre abonde
Il parcourt l'immenfe tableau ;
L'abus qu'on fait de fes largeffes,
La cupidité des richeffes,
Choque la régle des cœurs droits :
Il voudroit qu'un commun partage,
De l'équité que l'on outrage
Rétablît & l'ordre & les droits.

*

L'HOMME SEUL à l'homme contraire,
N'a d'autre intérêt que le fien :
L'un eft privé du néceffaire,
Et l'autre eft accablé de bien.
Quoi ! la divine Providence
Admettroit cette différence ?
Non, ce n'eft que la cruauté.
Le Sage, bravant l'homme inique,
N'adopte rien de tyranique,
Ni qui bleffe l'égalité.

*

Il ne connoît point l'artifice,
Et ne dément point ce qu'il dit ;
Le bien, l'amour de la Juſtice,
Sont l'aliment de ſon eſprit.
Il n'eſt point de ſi tendre pere,
D'Epoux ſi conſtant, ſi ſincere,
D'Enfant ſi doux & ſi ſoumis.
Il eſt indulgent ſans foibleſſe,
Humble & complaiſant ſans baſſeſſe,
Et le plus parfait des Amis.

Chargé des ordres d'un Monarque,
Il ſe rend digne de ce choix,
Et donne une éclatante marque
De ſon attachement aux Loix :
Comme un Solon, il les protege,
Les approfondit, les abrege ;
A ſes Décrets tout eſt ſoumis :
Chaque Tribunal les obſerve ;
Il eſt l'organe de Minerve
Et l'interprête de Thémis.

PAR ſes Conſeils l'affreuſe Guerre
Ne dévaſte plus les États ;
La Paix ſe fixant ſur la terre
Bannit le trouble & les combats.
Des vains Triomphes de Bellone ,
Et des Lauriers que Mars moiſſonne ,
Elle écarte les Partiſans.
On ne voit plus verſer de larmes ;
Le plaiſir ſuccède aux allarmes ,
Et le calme à des ouragans.

POURQUOI ces Femmes immolées
A la licence des Soldats ;
Ces Champs, ces Villes déſolées ?
Quel aſſemblage d'attentats !
Rien ne peut ſuſpendre la rage ,
Tout ne préſente que carnage ,
Que rapines, qu'embrâſemens ;
On ne voit plus que des abîmes
Et que d'innocentes Victimes
Qui périſſent dans les tourmens.

HÉ ! qui donne le privilège

De bouleverser l'Univers,

Et cette audace sacrilège

De vouloir le réduire aux fers ?

Quoi donc ! des Conquérans féroces,

Par les exploits les plus atroces,

Peuvent-ils réhausser leur rang ?

Faut-il que l'Histoire consacre

Des Tyrans formés au massacre,

Des Tigres altérés de sang ?

TROP CONSTANS & fougueux esclaves

De vos farouches passions,

Rompez vos funestes entraves,

Connoissez vos illusions :

Qui ne croiroit à vous entendre,

Qu'un destructeur, tel qu'Alexandre,

Est comparable à Jupiter ?

Les Dieux n'attaquent que le crime ;

Le Juste vous sert de victime,

Tremblez ! ils n'ont rien de si cher.

MAIS, tandis qu'en proie aux chiméres,
Vous montez au char du Soleil,
De vos honneurs imaginaires
Je vois fondre tout l'appareil.
Quand la fortune vous traverſe,
Le moindre ſouffle vous renverſe
Comme de fragiles roſeaux.
Le déſeſpoir en vous s'allume,
Un feu dévorant vous conſume,
Vous êtes vos propres bourreaux.

QUELLE eſt donc cette Renomée
Dont vous paroiſſez ſi jaloux ?
Son éclat n'eſt qu'une fumée,
Qui paſſe & ſe perd avec vous.
Tel eſt le ſort de vos Trophées,
Les éloges de vos Orphées
Ne ſauroient illuſtrer vos faits ;
Et dans le Temple de Mémoire,
On ne révere que la gloire
De la ſageſſe & des bienfaits.

PRENEZ mon Héros pour modèle ,
Barbares enfans du Dieu Mars ;
C'est sur une Scène nouvelle
Qu'il va s'offrir à vos regards.
Que sa vertu toute puissante ,
Surmonte ce qui vous enchante
Dans l'art qu'apprend la cruauté.
Ah ! puisse en vous passer son zèle !
Que sa clémence vous rappelle
Ce que prescrit l'humanité.

S I le Sang dont il sort le place
Sur le Trône de ses Ayeux,
Son éclat en remplit l'espace ,
Et tout est présent à ses yeux.
Plein d'une force foudroyante ,
Dans sa colère étincelante ,
Il écrase l'impiété :
Et sa vengeance salutaire
Anéantit le sanctuaire
Où réside l'iniquité.

Il n'a pour garde & pour escorte
Que ses Vertus & son Devoir.
L'Équité seule ouvre sa porte ;
Et dispose de son pouvoir.
Dans la Gloire qui l'environne,
Aux Dieux dont il tient la Couronne,
Il rend des respects immortels ;
Et connoissant ce que nous sommes,
Jamais il ne permet aux Hommes
De lui consacrer des Autels.

Êtres rempans, perfide engeance,
Pervers Flatteurs, vils Courtisans,
Pourquoi fonder votre espérance
Sur la vapeur d'un faux encens ?
Il sait dévoiler le mensonge,
De l'ambition qui vous ronge
Il perce les obscurs détours ;
Et sous la forme de Prothée,
Il voit en vous un Promethée
Servant de pâture aux Vautours.

C

DE LA Chicane infatiable
Il découvre tous les refforts ;
De fa fureur impitoyable,
Il extermine les fupports ;
Et toi, mère de tous les vices,
Tranquille au bord des précipices,
Pernicieufe Oifiveté,
Contre toi fa vertu confpire,
Il fait fuccomber ton empire
Par fa conftante activité.

EN VAIN l'Hypocrite fe pare
De la plus humble piété ;
En vain l'Ufurier & l'Avare
N'exaltent que la charité :
Il les démafque & précipite,
Ces Monftres fortis du Cocyte,
Dans des abîmes fouterrains,
Et leur perte avec eux entraîne
L'orgueil, la difcorde, la haîne,
Opprobres du cœur des humains.

On ne voit plus dans l'hymenée,
Des exemples contagieux ;
On recherche la destinée
D'un nœud si saint, si glorieux.
Sur le Théâtre, la décence,
Le sentiment & la prudence
Reglent le geste de l'Acteur :
On ne dégrade plus la scene,
Un seul trait d'une Muse obscene
Révolteroit le Spectateur.

C'est lui qui soutient le commerce,
Et sa probité l'établit.
Afin que rien ne le traverse,
Il le rend libre, l'ennoblit,
Il le secourt dans ses disgraces ;
Les faveurs marchent sur ses traces
Et dispensent ses revenus.
Sa bonté délivre les Villes
Du poids des charges inutiles
D'une foule d'arts superflus.

I L met un frein à l'opulence ;
Contient l'avide Financier ;
Souftrait la plaintive indigence
Aux pourfuites du Créancier.
D'une main toujours sûre & libre,
Il pefe & tient en équilibre
Les bienfaits & les châtiments.
Libéral, fa magnificence
Attire, fixe, récompenfe
Le vrai mérite & les talens.

AU FASTE, au luxe, à la molleffe,
Succedent les foins importants.
Le prudent Laboureur s'empreffe
A cultiver de vaftes champs.
L'amitié, la reconnoiffance,
Suivent Cérès & l'abondance
Au milieu des ris & des jeux ;
C'eft l'innocence qui les lie :
La concorde & l'économie
Concourent à tout rendre heureux.

LORSQUE la colere célefte,
Sur fes États lançant fes traits,
D'une calamité funefte
Frappe fes fideles Sujets;
Parmi des maux infurmontables,
Leurs fanglots, leurs cris lamentables,
Trouvent des fecours dans fon cœur :
A travers mille funerailles,
A tous il ouvre fes entrailles,
Plaint & partage leur douleur.

❋

REMPLI d'une férme efpérance,
Dans un défaftre fi cruel,
Ses vœux réclament l'affiftance
Et la bonté de l'Éternel :
Sa ferveur fléchit fa juftice;
Le Ciel armé, devient propice,
Calme & fait ceffer ce fléau :
Et parmi d'effrayans ravages
La joie éloigne les images,
L'afpeĉt, les horreurs du tombeau.

❋

LE vrai Chef d'une Monarchie
N'a pour objet que son bonheur :
Il en éleve le génie ,
Et le soutient dans son ardeur.
Il doit seul tenir la boussole ,
Toujours se défier d'Eole ,
Ne point quitter le gouvernail ;
Et sur les signes des étoiles
Faire étendre ou serrer les voiles ,
Etre le premier au travail.

LE SCEPTRE dans les mains d'un lâche,
N'est qu'un phantôme de grandeur.
Ce rang ne souffre aucune tache
Qui puisse obscurcir sa splendeur.
He ! quelle gloire ont-ils ces Princes
Qui ne régissent leurs Provinces
Que par des ressorts étrangers ?
Qui par leur indolence extrême
Laissent la puissance suprême
Flottante au milieu des dangers.

TELS ÉTOIENT les Sardanapales,
Tels étoient les Caligulas;
Ils n'eurent pour marques royales,
Qu'un trône dépourvu de bras.
Heureux le climat qui voit naître
Un Potentat digne de l'être :
Son appui ce font ses vertus;
Et ses actions immortelles
Font revivre les Marc Aureles,
Les Antonins & les Titus.

C'EST AINSI que le Sage regne,
Pese, difpofe, regle, agit;
C'eft ainfi qu'aux Rois il enfeigne
Comme un Empire fe régit.
C'eft par une vertu rigide,
Une grandeur vraiement folide,
Qu'on devient l'arbître des cœurs.
Il faut qu'un Prince au bien s'immole,
Que fa fageffe foit l'école,
Le confeil, l'oracle des mœurs.

JOURS PRÉCIEUX! fiécle de Rhée!

De vos douceurs nous jouiſſons.

Nous voyons reparoître Aſtrée

Dans l'auguſte Sang des Bourbons !

C'eſt ſur des principes ſublimes ,

Que LOUIS , formant ſes maximes ,

Produit de ſi rares effets :

Son Peuple l'admire , l'adore ,

Du nom de Pere il le décore ;

Titre au-deſſous de ſes bienfaits.

F I N.